AF590103

Y+

ÉPITRE

AUX

MÉDECINS FRANÇAIS

PARTIS POUR BARCELONE,

PAR LÉON HALEVY.

LUE A LA SÉANCE D'OUVERTURE DES COURS DE L'ATHÉNÉE ROYAL,
LE 22 NOVEMBRE 1821.

A PARIS,

DE L'IMPRIMERIE DE A. BOBÉE,
RUE DE LA TABLETTERIE, N° 9.

1821.

ÉPITRE

AUX

MÉDECINS FRANÇAIS

PARTIS POUR BARCELONE.

Étendez au loin votre empire,
Fiers conquérans ! implacables vainqueurs !
Non, ce n'est point vous que j'admire,
Des nations farouches destructeurs !
C'est pour l'humanité que j'ai monté ma lyre,
Je vais célébrer ses sauveurs.

Salut ! nobles soutiens de l'homme !
De la patrie éternel ornement !
Ces héros dont se vantait Rome,
Ont-ils donc égalé votre beau dévoûment ?
Qu'un Décius s'offre en victime (1)
A des milliers de citoyens,
Et qu'il demande aux dieux du noir abîme
Une effroyable mort, et le salut des siens !
Qu'un Emile se sacrifie

Pour périr avec ses soldats (2);
Honorons leur vertu, mais ne l'admirons pas!
Eh! qui craindrait la mort pour sauver sa patrie?
Pour couvrir de son corps une terre chérie,
Quel mortel assez vil ne la braverait pas?
Mais vous, quand vous livrez vos glorieux combats,
Un rivage étranger demande votre vie,
Et pour l'humanité vous cherchez le trépas!

Tandis que nos guerriers ont baissé leur bannière,
Que la France, aujourd'hui silencieuse et fière,
S'endort sur ses lauriers, et sur ses vieux drapeaux,
Vous immortalisez son sublime repos!
Votre exemple prouve à la terre
Qu'aux jours de paix, comme aux siècles de guerre,
La France a toujours ses héros!

Mais quand l'univers vous admire,
Quels sont ces furieux dont les sanglans discours (3)
Poursuivent l'Espagnol jusqu'en ses derniers jours?
Dans la rage qui les inspire,
Quand il faut conserver, ils songent à détruire!
Leur fureur vous accuse, et compte avec courroux,
Tous ceux qui de la mort ont pu fuir les ravages,
Et que vos mains ont sauvés de ses coups!
Entendez-les vomir les plus lâches outrages
Contre des malheureux qui n'espèrent qu'en vous!
Les voyez-vous, dans leur espoir funeste,
De la contagion suivre, inquiets, les pas?
Leur cause est celle de la peste,

Et triomphe avec le trépas :
Entendez-les, dans leur affreuse joie,
S'écrier : « L'Espagnol a mérité son sort !
» Des plus hideux fléaux qu'il devienne la proie !
» Il a brisé ses fers : il est digne de mort. »

Sont-ils Français, ceux dont la rage
Aux plaintes des mourans ose mêler ses cris ?
Un ennemi vaincu sourit à leur courage,
Et d'un pied triomphant ils foulent des débris !
Mais dans le mal cruel dont l'Espagne est atteinte,
La France ne voit point la justice des cieux :
A l'imposture elle répond sans crainte,
Et repousse en ces mots un langage odieux.

« Si les fléaux qui désolent la terre
» Sont par la main d'un Dieu vengeur,
» Envoyés pour punir le meurtre et l'adultère ;
» Si, lorsque gronde le tonnerre,
» Doit frissonner le malfaiteur ;
» Dieu pourrait-il voir un coupable
» Dans le noble mortel qui rejette ses fers ;
» Dans un peuple opprimé qu'un joug affreux accable,
» Et qui sait rendre libre un coin de l'univers ?
» Du Tout-Puissant l'éternelle justice
» Frapperait bien plutôt d'un terrible supplice
» Ces esclaves dorés, ces lâches courtisans,
» Ces vils troupeaux, ces peuples de reptiles,
» Qui présentant leurs cous dociles,
» Servent tous les pouvoirs, flattent tous les tyrans ;

» Qui d'obéir font leur étude,
» Qui mettent à ramper leur noblesse et leur soin,
» Pour qui le joug n'est plus qu'une habitude,
» Et la dépendance un besoin!
» Ah! si jamais sur les champs de l'Espagne
» Durent fondre tous les fléaux;
» Si la contagion, que le deuil accompagne,
» Dut peupler ses cités de morts et de tombeaux;
» C'était quand l'Espagnol, esclave volontaire,
» De ses plus vils tyrans méritait le mépris;
» Quand des inquisiteurs la ligue sanguinaire
» D'un joug de fer accablait ce pays;
» Quand chaque jour des victimes nouvelles
» S'entassaient sous de noirs cachots,
» Et que d'un Dieu de paix les défenseurs fidèles
» Du sang humain faisaient couler les flots;
» Lorsqu'endossant de leurs mains meurtrières
Les vêtemens pontificaux,
» On voyait de pieux bourreaux
» Pour l'honneur de l'Eglise exterminer leurs frères;
» Quand l'œil fixé sur le bûcher fumant,
» Dans sa sainte fureur, une foule stupide,
» Comme à la mort d'un parricide,
» Assistait au trépas du Juif, du Musulman,
» Du Chrétien que l'Eglise avait jugé perfide;
» D'un insultant regard contemplait leurs tourmens;
» Et semblait d'une oreille avide
» Recueillir leurs gémissemens;
» Lorsqu'un féroce fanatisme

» Au fond de tous les cœurs étouffait les vertus,
» Et qu'abrutis par un long despotisme,
» Se courbaient sans rougir ces peuples abattus!
» C'était, c'était alors que promenant la foudre
» Sur ces déplorables cités,
» La main de Dieu devait réduire en poudre
» Ces repaires honteux, ces cachots détestés,
» Par la vertu seule habités;
» Et, de l'éclat de son tonnerre,
» Lançant tout-à-coup la lumière
» Au fond de ces sombres caveaux,
» Rendre à leur famille, à la terre,
» Un peuple de vivans, arraché des tombeaux!
» Quoi! lorsqu'il voit une victime
» Se dérober aux coups d'un furieux,
» Dieu la punirait!.... à ses yeux
» La liberté serait un crime!
» Ah! rejetons ces préjugés honteux!
» Quand on peut les briser, ne point rompre ses chaînes,
» C'est abjurer l'honneur, c'est mériter ses peines,
» Et le mépris de l'homme, et le courroux des cieux;
» Renverser un tyran, c'est honorer les dieux! »

Entendez-vous cette cité mourante
Bénir ses généreux sauveurs?
De l'Espagne reconnaissante
Tous les enfans vous portent dans leurs cœurs,
Vous qui, sans chercher de coupables
Où vous trouvez des malheureux,
En voyant souffrir vos semblables,

Courez les soulager, ou mourir avec eux!
Oui, tu dois embellir les pages de l'histoire,
Toi, dont ces lieux conservent la mémoire,
Et qui sus devant nous, d'une éloquente voix,
Expliquer la pensée, et démêler ses lois! (4)
Et vous, François, Bailly, vous dont la vie entière
Fut un combat contre la mort! (5)
Et toi, digne d'un meilleur sort,
Infortuné Mazet, toi que pleure une mère,
Et qui descends si jeune au sombre bord! (6)
Console-toi : transmis à l'amour de la terre,
Des ravages du temps ton nom sera vainqueur;
Jamais l'humanité n'oublie un bienfaiteur,
Et l'on respecte la poussière
Du guerrier mort au champ d'honneur!...
Quand tu sentais les premières atteintes
Du plus terrible des fléaux;
Quand un sinistre bruit nous annonçait tes maux;
Nuit et jour, ton image assiégeait mon repos;
J'entendais tes soupirs, et je comptais tes plaintes :
En vain de ce tableau je repoussais l'horreur :
Je te voyais, baigné d'une sueur brûlante,
Palpitant de souffrance, et hideux de pâleur :
Je contemplais ton front que glaçait la douleur;
Ta lèvre livide et tremblante,
Et de tes yeux errans la sanglante rougeur:
A mes regards troublés ton ame était présente :
Je la voyais, par d'impuissans efforts,
Retarder du trépas la marche triomphante;
Quand ta force expirait, je la voyais, vivante,

Combattre, et s'attacher aux débris de ton corps (7)!

Ah! que tu dus souffrir à ton heure dernière!
Lorsqu'entouré des voiles du trépas,
Tu sentis s'affaisser ta débile paupière;
A ceux qui t'entouraient tu demandas ta mère,
Tu nommas tes amis!... Ils ne t'entendaient pas!
Aux lieux chéris de ta naissance,
Pour ton retour, au ciel ils adressaient leurs vœux....
De ton regard éteint tu saluas la France,
Et ta plaintive voix qu'étouffait la souffrance,
Au sol natal murmura des adieux.

Sous le beau ciel de l'Ibérie,
Puissent en paix dormir tes os!
Que rien de ton sommeil ne trouble le repos!....
La terre où l'on meurt en héros
N'est-elle pas une patrie?

Un jour l'Espagnol gémissant
Sur ton tombeau conduira son enfant:
« Nous foulons, dira-t-il, une sainte poussière!
» De la contagion la fureur meurtrière
» Désolait nos remparts, et Barcelone entière,
» Veuve de citoyens, semblait devoir périr!....
» Nos murs sont empestés! heureux qui peut les fuir!
» Celui qui dort ici, vint chercher cette terre,
» Pour nous sauver, pour y mourir!
» Mon fils, à sa mémoire avec moi rends hommage,
» Son nom doit dans ton cœur se graver à jamais;

» Mais ne t'étonne point de ce noble courage :
» Cet étranger fut un Français. »

Vous qui lui survivez, qui partagez sa gloire,
Ah ! n'abandonnez point vos périlleux travaux !
Si sur vous le trépas remporte la victoire,
Si loin de vos foyers, vous trouvez vos tombeaux,
Que Barcelone se rassure !
Voyez le sublime courroux (8),
De ces jeunes héros dont la vertu murmure ;
Pour eux la vie est une injure,
Et tous briguent l'honneur de mourir comme vous.

Mais écartons ces funestes images !
Du Tout-Puissant croyons-en la bonté !
Oui, de la mort vont cesser les ravages ;
Et bientôt brillera sur ces heureux rivages,
Un ciel pur, un ciel sans nuages,
Aussi beau que la liberté !

Si la contagion devait long-temps encore,
Flétrir vos champs de son souffle empesté,
Espagnols, opposez au mal qui vous dévore
Une invincible fermeté !
Que d'un air corrompu le poison vous désole !....
L'homme libre en mourant, peut dire : « J'ai vécu ! »
La liberté de tous les maux console ;
Et toujours un esclave est à demi vaincu.

NOTES.

(1) Trois Décius se dévouèrent aux dieux infernaux. Le premier, P. Décius Mus, dans la bataille contre les Latins, 240 ans avant J.-C. Le fils de celui-ci, en s'opposant aux Gaulois; et le dernier, dans la bataille contre Pyrrhus, l'an 279 avant J.-C. Sacrifier sa vie pour une idée, même superstitieuse, c'est un héroïsme; et ces hommes avaient, au plus haut degré, celui de leur siècle.

(2) Paul Emile voyant son armée détruite à Cannes, et croyant que le dernier jour de sa patrie était venu, ne voulut pas lui survivre, et reçut du Carthaginois la mort qu'il en attendait.

(3) Le fléau qui dévaste une partie de l'Espagne a fourni à certains journaux l'occasion de plusieurs déclamations où la folie le dispute à l'impudeur : de pareils actes ne blessent pas seulement toutes les convenances sociales, toutes les lois divines et humaines, mais elles blessent aussi la raison : ce n'est pas seulement un outrage à la morale, c'en est un au sens commun. Au reste le gouvernement, en envoyant à Barcelonne des médecins français, a répondu noblement à de semblables indignités, et a mérité l'estime de tous les hommes de bien.

(4) M. Pariset fit, il y a trois ans, à l'Athénée royal, un cours d'Idéologie.

(4) M. Bally a déjà combattu la fièvre jaune à St.-Domingue, et il a publié sur cette affreuse maladie un ouvrage très-estimé, résultat de ses observations et de ses périls : comme lui, M. François a déjà exercé loin de la France sa courageuse philanthropie. Si les bornes de ce morceau ne m'ont pas permis de l'honorer du nom de M. le docteur Audouard, la reconnaissance publique suppléera à mon silence : elle

n'oubliera pas non plus ces sœurs de la Charité qui font de la pratique de la religion, celle de toutes les vertus.

(6) M. Mazet, mort de la fièvre jaune après dix jours de souffrance : cet infortuné n'avait que vingt-quatre ans....

.....manibus date lilia plenis.

(7) Voyez, note dernière, la description que M. François fait de la maladie. Je n'ai pas voulu me laisser aller à cette peinture, de peur de tomber dans l'horrible.

(8) A peine la mort de M. Mazet fut-elle connue, que plusieurs jeunes médecins français demandèrent comme une grâce l'honneur de le remplacer : la France a admiré ce généreux élan, et il passera à la postérité comme une des gloires de notre patrie et de notre époque.

Pour donner une idée de la sublimité d'un pareil dévouement, je citerai un fragment d'une lettre qu'adressait, le 30 octobre, à un de ses amis, M. le docteur François. Les inquiétudes que cette lettre pourrait inspirer au sujet de M. Bally sont heureusement dissipées par des lettres postérieures de ce dernier même. Le morceau que je vais rapporter est d'une simplicité éloquente; c'est un tableau dont l'on ne peut suspecter l'effrayante vérité :

« L'un de nous, dit M François, a déjà payé de la vie son dévouement : le pauvre Mazet atteint par la maladie, dès la deuxième visite qu'il a faite, est mort après neuf jours de la plus cruelle souffrance. Bally, l'intrépide Bally n'a pas tardé à être arrêté ; sans cesse à l'hôpital ou au lit des malades, il ne pouvait pas échapper au mal. Le même jour Pariset s'est alité ; son indisposition a été légère, mais il ne peut encore sortir : il y aurait du danger....

» Bally a la fièvre jaune toute entière : aujourd'hui, au neuvième jour, il donne encore quelques inquiétudes, hélas ! trop bien fondées sur le genre insidieux de l'épidémie ; mais si quelque chose nous rassure, c'est le calme et la résignation du malade qui ne s'impatiente que de voir interrompre ses travaux.

» Je ne vous peindrai point l'aspect de la désolation qu'offre la malheureuse Barcelone, qui, sous le ciel le plus pur, la température la plus douce, vient de perdre plus de quinze mille habitans, quoique plus des deux tiers de la population aient sagement pris la fuite dès le commencement de l'épidémie, plus épouvantable et plus funeste que dans les colonies.

» La contagion paraît manifeste : on connaît son point de départ, on suit sa marche, on la voit, pour ainsi dire, passer d'un individu à un autre.

» Rarement ceux qui ont donné leurs soins à l'amitié manquent de payer cher leur obligeante humanité. Il y a telle maison où quatorze personnes qui l'habitaient ont éprouvé toutes la fièvre jaune; onze reposent dans l'éternité. Souvent la marche de la maladie est si rapide, qu'on n'a pas le temps d'essayer le moindre remède; le malade meurt aussi brusquement qu'il a été attaqué. Cependant elle se prolonge ordinairement jusqu'au septième ou neuvième jour.

« Au reste, il faudrait dix pages pour décrire cette horrible fièvre, tant elle présente d'anomalies et d'apparences décevantes. Ici les accidens sont légers, peu intenses; ils se calment, et bientôt un mieux trompeur rassure les assistans au moment où le malade s'éteint. D'autres fois les symptômes les plus effrayans se manifestent à la fois, tels que des pétéchies, des échymoses et la jaunisse : le sang sort par toutes les ouvertures. La langue sue un sang fétide et dissous : des urines noires, des selles sanieuses, un vomissement qu'on peut comparer à de l'oxide de manganèse délayé dans de l'eau : le corps froid comme le marbre; le pouls insensible; des cris involontaires, quoique l'esprit soit présent et ne cesse de l'être qu'au moment où le cœur a fini ses fonctions. Une fois l'énergie vitale tombée, il n'est plus possible de la réveiller; le venin stupéfiant du *contagium* la détruit pour jamais, et le corps du malade exhale un miasme insensible à nos sens, qui s'attache aux hardes, matelats, couvertures, meubles, et même aux parois des appartemens, (autant qu'on peut le croire d'après des faits nombreux) qui deviennent capables d'infecter les individus, plus ou moins promptement, selon leur prédisposition.

» La maladie paraît avoir son siége dans l'appareil nerveux : elle paralyse successivement plusieurs viscères : les reins sont ceux dont les fonctions cessent le plus tôt.

» Le cadavre, encore pour ainsi dire animé, présente tous les symptômes de la décomposition : quelques malades, après avoir offert tous les signes de la dissolution la plus complète, renaissent, pour ainsi dire, par degré et guérissent. Il faut, je vous l'assure, du courage et de l'abnégation de soi-même pour oser approcher et toucher certains malades.... »

Oui sans doute, il faut un grand courage pour remplir une semblable mission ; un aussi noble dévouement exige une autre intrépidité que celle du guerrier ; il exige peut-être un mépris de la mort plus sincère, plus profondément senti ; une conscience plus intime de la nullité que doit avoir à nos yeux la vie, quand nous pouvons la sacrifier avec honneur pour nous, et profit pour nos semblables : monter à l'assaut sous le feu d'une batterie, ce n'est rien ; l'enthousiasme de la patrie, de la gloire, la fureur qu'inspire toujours la vue d'un homme armé pour nous détruire, la noblesse et la rapidité de la mort qui nous menace, tout concourt à nous la faire braver sans crainte, et recevoir sans douleur morale. Mais aborder de front toutes les calamités humaines ; aller au-devant de la contagion, quand chacun veut s'y dérober ; la chercher, loin de sa patrie ; lutter contre toutes les horreurs du trépas; s'enfermer dans une cité de mourans pour palper la maladie dans toutes ses crises, l'agonie jusqu'à son plus haut période, la souffrance sous toutes les formes, la mort sous les plus hideuses couleurs; recueillir le moindre cri ; décomposer chaque douleur ; assister à toutes les dissolutions du corps, à tous les découragemens de l'ame; observer tous les gémissemens de la matière et tous les désespoirs de la pensée; toucher d'une main ferme un cadavre qui n'a plus rien d'humain; fermer les yeux de l'enfant que fuit peut-être.... une mère; essuyer un sang fétide; manier des chairs qui se corrompent, et la putréfaction qui s'exhale; consacrer les heures de la nuit à récapituler les horreurs du jour; et, au milieu de ces effrayans tableaux, à la vue des tourmens les plus cruels et les plus hideux, à l'aspect d'un mourant dont les derniers instans inspirent la terreur et le dégoût, être poursuivi, sans que le courage en soit abattu, par cette funeste et inexpugnable idée : « *Voilà peut-être comme je serai demain !* » c'est une grandeur d'ame au-dessus de toute comparaison, de tout éloge; c'est un courage dont ne seraient point capables ceux qui n'en sentiraient pas l'étendue; c'est la plus belle preuve que puisse donner l'homme de ses destinées immortelles; c'est, en un mot, un héroïsme digne d'un siècle qui a vu de grandes et nobles choses, d'un peuple qui a déployé toutes les vertus.

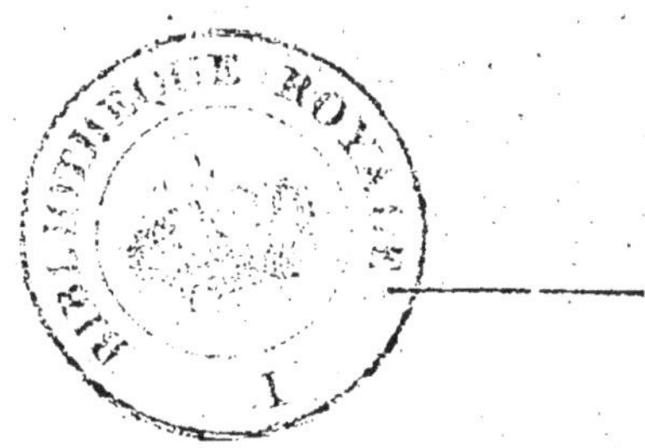

les gémissemens de la [illegible] la pen-sée; toucher d'une main ferme un cadavre qui n'a plus rien d'humain; fermer les yeux de l'enfant qui fait peut-être une mère; essuyer un sang fétide; manier des chairs qui se corrompent, et la putréfaction qui s'exhale; consacrer les heures de la nuit à récapituler les horreurs du jour; et, au milieu de ces effrayans tableaux, à la vue des tourmens les plus cruels et les plus hideux, à l'aspect d'un mourant dont les derniers instans inspirent la terreur et le dégoût, être poursuivi, sans que le courage en soit abattu, par cette funeste et inexpugnable idée : « *Voilà peut-être comme je serai demain!* » c'est une grandeur d'âme au-dessus de toute comparaison, de tout éloge; c'est un courage dont ne seraient point capables ceux qui n'en sentiraient pas l'étendue; c'est la plus belle preuve que puisse donner l'homme de ses destinées immortelles; c'est, en un mot, un héroïsme digne d'un siècle qui a vu de grandes et nobles choses, d'un peuple qui a déployé toutes les vertus.

www.ingramcontent.com/pod-product-compliance
Ingram Content Group UK Ltd.
Pitfield, Milton Keynes, MK11 3LW, UK
UKHW012133240726
13965UKWH00005B/2141

9 782013 347013